閱讀123

國家圖書館出版品預行編目資料

| |
|---|
| 企鵝熱氣球／林世仁文；呂淑恂圖 -- 第二版. -- 臺北市：親子天下, 2017.11<br>88 面； 14.8x21公分. --（閱讀123）<br>ISBN 978-986-95442-3-8（平裝）<br>859.6　　　106016455 |

閱讀 123 系列 —— 006

# 企鵝熱氣球

作者｜林世仁　繪者｜呂淑恂
責任編輯｜蔡忠琦
美術設計｜林家蓁

天下雜誌群創辦人｜殷允芃
董事長兼執行長｜何琦瑜
兒童產品事業群
副總經理｜林彥傑
總編輯｜林欣靜
主編｜陳毓書
版權主任｜何晨瑋、黃微真

出版者｜親子天下股份有限公司
地址｜台北市 104 建國北路一段 96 號 4 樓
電話｜（02）2509-2800　傳真｜（02）2509-2462
網址｜ www.parenting.com.tw
讀者服務專線｜（02）2662-0332　週一～週五：09:00~17:30
讀者服務傳真｜（02）2662-6048
客服信箱｜ parenting@cw.com.tw
法律顧問｜台英國際商務法律事務所 · 羅明通律師
製版印刷｜中原造像股份有限公司
總經銷｜大和圖書有限公司　電話：（02）8990-2588

出版日期｜ 2007 年 9 月第一版第一次印行
2022 年 11 月第二版第九次印行
定價｜ 260 元
書號｜ BKKCD091P

ISBN ｜ 978-986-95442-3-8（平裝）

訂購服務
親子天下 Shopping ｜ shopping.parenting.com.tw
海外 · 大量訂購｜ parenting@cw.com.tw
書香花園｜台北市建國北路二段 6 巷 11 號　電話（02）2506-1635
劃撥帳號｜ 50331356 親子天下股份有限公司

# 企鵝熱氣球

文 林世仁 圖 呂淑恂

# 目錄

# 1 企鵝飛行號

藍藍天，白白雲，風從天空吹下來。

一隻企鵝坐著熱氣球緩緩降落在森林邊的草原上。

企鵝一擺一擺走出來，拿起麥克風，大聲宣布：「大家好，『企鵝飛行號』來嘍！坐上熱氣球，天空任悠遊！機會有限，搭乘要趁早喔。」

企鵝收起麥克風，微笑的等著。「只要說一次就可

以了，剩下的，風會幫忙。」

果然，風把聲音送進每一隻動物的耳朵裡。

企鵝飛行號？是什麼啊？聽起來好特別。

動物紛紛從森林裡探出頭，遠遠看過來，慢慢走過來……他們沒有看過熱氣球，更沒有見過企鵝駕駛的熱氣球。

毛毛蟲比較勇敢，第一個舉手。「我想坐『企鵝飛行號』。」

企鵝一鞠躬：「歡迎光臨！請付門票。」

「門票？」毛毛蟲嚇一跳，原來要門票啊。

毛毛蟲的六隻小手抓抓腦袋，十隻小腳抓抓肚子，

然後，從書包裡拿出三片樹葉。「這些可以嗎？」

嗯，有美麗的楓葉、香香的樟樹葉和摸起來好舒服的榕樹葉。

企鵝點點頭。「剛剛好，請上來！」

毛毛蟲坐上熱氣球。

「請繫好安全帶。」企鵝放開繩索，熱氣球慢慢升上天空。

毛毛蟲往下看。好多動物張大了嘴巴，越變越小。

熱氣球慢慢飄。

毛毛蟲看到綠綠的稻田，彎彎的小河，還有閃閃發亮的小湖。

「這就是我長大後……變成蝴蝶以後……會看到的世界嗎？」

企鵝點點頭。「嗯，這就是你未來會看到的世界。」

「真漂亮！」毛毛蟲的六隻小手和十隻小腳都興奮得動來動去。「我要快快長大，快快飛進這個美麗的新世界。」

企鵝微微笑：「等你變成蝴蝶，在空中飛累了，歡迎到我的熱氣球歇一歇，不收你門票喔。」

熱氣球的第二個顧客是小松鼠，他手裡拿著一封信。

「你可不可以載我飛過山那邊？我想送信給奶奶。」

「沒問題！」企鵝說：「企鵝飛行號也可以當郵差，請付郵票錢。」

小松鼠想了想，「我還有一張信紙，我可以寫一封信給你當郵票嗎？」

企鵝點點頭。

小松鼠打開信紙，開始寫信：

親愛的企鵝您好：

這是我第一次坐熱氣球，第一次坐熱氣球去給奶奶送信，第一次坐企鵝開的熱氣球去給奶奶送信。而且，這也是我第一次寫信給企鵝！

小松鼠敬上

企鵝看完信。「嗯，這張『郵票』很好，沒有錯字。」

熱氣球在奶奶家停下來。

奶奶打開信，看到上面寫著：

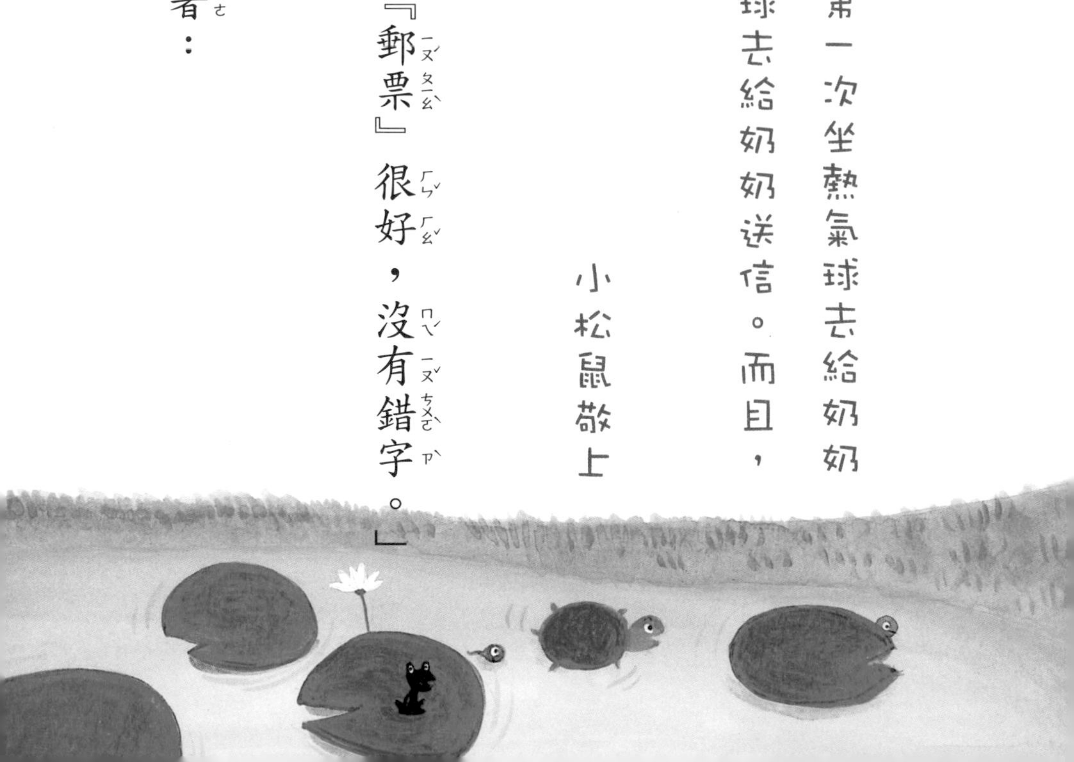

親愛的奶奶：

今天是弟弟的生日，您能不能來，做他最愛吃的蔥油餅？給他一個驚喜！

三個親親

「快一點唷，烏龜，我們都排在你後面！」

烏龜回過頭，擦擦汗，說：「好好好，我馬上就回來。請等一下喔！」

他才跑到小猴子的尾巴邊。

隊伍越排越長，烏龜好不容易才「跑」過排在最後面的小黑熊。

天氣慢慢熱起來，大家越等越不耐煩。

山豬問：「我可不可以先坐？」

企鵝搖搖頭：「不可以，要守規矩。」

可是烏龜不知道什麼時候才回來。

「這樣吧，你們先回家拿顏料和畫筆，還有便當。」企鵝說：「熱氣球今天開放，隨便你們畫！想畫什麼都可以。」

動物都跑回家拿來不同的畫筆和顏料，也沒忘記便當。

消了氣的熱氣球平平的貼在草地上，好像一張大畫布。

「真的畫什麼都可以？」山豬問。

企鵝點點頭。

山豬立刻蓋上自己的腳印，寫上三個字：**山豬號**。

他開心的想：今天，這是我的熱氣球！

山豬轉過頭，看看別人畫什麼？「白兔號」、「小鹿號」、「小猴號」、「花貓號」、「小熊號」……

哈，原來大家想的都一樣。

動物哈哈大笑。他們都好想坐坐「自己的」熱氣球！

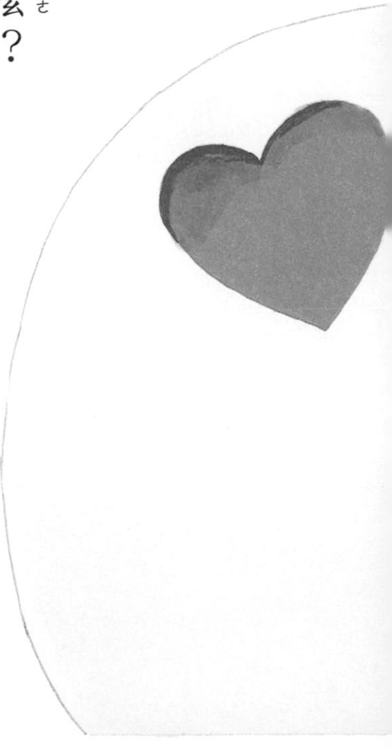

白兔號
小猴號
山豬號

小貓號
小鹿號
小熊號

可是，烏龜還是沒有回來。

企鵝說：「我們先來吃便當，『熱氣球午餐』！機會難得，一年只有一次喔。」

大家圍著熱氣球坐好，打開便當，正要吃。

「等一下！」企鵝說：「『熱氣球午餐』的吃法不一樣！吃一口，就要把便當傳給下一個人。」

哦？要這樣吃啊……

嗯，每一口都不一樣！

「喂，該你了，快點快點！」

「等一下等一下，我還沒好。」

「好香！我可以再吃一口嗎？」

「熱氣球午餐」真好吃！還可以吃好久好久。大家都吃得好開心！

吃完便當，企鵝開始講環遊世界的故事。可是，便當吃完了，故事聽完了，烏龜還是沒有回來。

「有了！我們來幫他。」山豬說。

他們在熱氣球上寫了大大的字：**烏龜，加油！我們等你！**

烏龜
加油！
我們等你！

每個字都是彩色的，動物還把自己畫上去，幫烏龜加油。

企鵝把熱氣球灌飽氣，飄起來，像啦啦隊的大氣球。

烏龜遠遠看見了，好感動。他跑得更快了。比慢慢走還快兩小步！

太陽下山之前，烏龜終於趕回來了，他嘴裡叼著一朵玫瑰花。

「加油！加油！」所有動物都拍著手，幫烏龜打氣。

「哇，你這張門票很值錢呢！」企鵝接過玫瑰花，對著夕陽光看了看，說：「可以請所有人一塊坐喔。你想請客嗎？」

烏龜點點頭。

「YA！」所有的動物都一塊坐上熱氣球。

「謝謝烏龜！」

「哪裡，不客氣。」烏龜的臉頰紅咚咚，像夕陽。

夕陽下的風景，真好看。

## 3 「早安，地球！」

「企鵝飛行號」一早開張營業，企鵝聽到一個很小很小的聲音說：「我們想坐熱氣球。」

「沒問題，歡迎光臨！」企鵝說。他不知道要往哪個方向鞠躬。他看不見說話的人。

「是誰？」企鵝問。是風在開玩笑嗎？

「是我們。」小小的聲音說。

企鵝還是看不見任何人。過了好一會兒，他覺得腳趾頭癢癢的。癢癢的感覺爬過他的小腿肚，一路慢慢癢上來，經過他的大腿、肚子、胸部、肩膀，一直癢到他的鼻子。

企鵝的鼻子上，一隻螞蟻說：「您好，我是螞蟻老師，我們班的小朋友想坐熱氣球。」

「噢，是螞蟻老師，歡迎！歡迎！」企鵝說：「請先付門票。」

「門票？」螞蟻老師搖搖觸角：「糟糕，我們什麼都沒帶。」

「那不行，想坐熱氣球，就要付門票。」

螞蟻老師想了想，「這個可以嗎？」他在企鵝臉上親了一下。

「一個螞蟻的吻？」企鵝笑起來：「這張門票好特別，我喜歡。」

螞蟻老師往下招招手：「小朋友，上來吧！」

小螞蟻一隻接一隻爬到企鵝的臉上，親一下，再爬進熱氣球裡。

「一、二、三、四、五……」一共一百隻。

「一百隻小螞蟻的吻？呵呵，好癢！好癢！」企鵝的臉上癢癢溼溼的。

「請大家繫好安全帶。」可是安全帶都太大了。

企鵝搔搔腦袋，「有了！」他拔了一百零一根小草，給螞蟻綁在身上，當安全帶。

「這樣，風就不會把你們吹跑。」

企鵝說：「我們要升空了！」

熱氣球飄過草叢，飄過樹梢，飄到白雲上。小螞蟻哇哇叫。「哇，風好大喔！」他們的觸角碰來碰去。「天空上的風……嗯，味道果然不一樣！比較甜。」

腳下的世界也不一樣。

「小朋友，你們看，下面就是我們住的地方。」螞蟻老師說。其實螞蟻老師也是第一次坐熱氣球，但是他是老師，讀過很多書，很多東西一看就明白。

「綠綠的是森林，黃黃的是山坡，那條長長彎彎、閃閃發亮的是小河。」

「原來我們的家在草原旁邊。」

「哇，原來世界這麼大。」

「這只是世界的一小部分呢！」企鵝說。

「我真想環遊世界，看看全部的世界。」

企鵝笑起來：「嗯，那很棒，不過門票也很貴喔。」

「一千個吻行不行？」

「呵，呵，今天不行。」

太陽從雲裡探出頭，世界變得更亮了。

螞蟻老師說：「來，大家一塊跟太陽說早安。」

「早安！太陽。」

「早安！地球。」

「早安！森林。」

「早安！小河。」

「早安！風。」

「早安！企鵝叔叔。」

企鵝呵呵笑。熱氣球慢慢降下來。

「早安！大地。」

螞蟻老師又在企鵝臉上親了一下。「謝謝您，今天的戶外教學很成功。」

「謝謝企鵝叔叔！」一百隻小螞蟻說。他們在企鵝腳下排了一顆大大的心，一起唱了一首螞蟻歌。

企鵝覺得自己好像巨人，開心的感覺也像巨人那麼大。

# 4 媽媽雲

「企鵝飛行號」前走來一匹小白馬。

「我想坐熱氣球，」小白馬說：「我想到天上去找媽媽。」

「到天上去找媽媽？」

「嗯。」小白馬點點頭：「爸爸說，媽媽到天上去了。」

企鵝偏偏頭，想了想。「我可以帶你到天上，但是不保證可以看到你媽媽。」

小白馬拿出一張照片：「我只有這張照片。」

照片上是小白馬和媽媽。

企鵝很仔細的看了一下，說：「嗯，這張門票非常貴，看一眼就可以坐一次熱氣球了。請收好，我們要出發了！」

熱氣球飛起來，飛在森林上，飛在藍天上。

風景很美，可是沒有白馬媽媽。

小白馬沒有說話，企鵝也沒有說話。

忽然，小白馬指著遠方，眼睛睜得大大的。「媽媽！媽媽！」

遠遠的，一朵白雲在風的懷抱裡，飄成一匹白雲馬，慢慢飄遠。

熱氣球往前飄，白雲馬也往前飄。

飄過小湖，飄過小河，飄過遠遠的群山……

白雲馬飄進一大片雲層裡，不見了。

「媽媽……」

企鵝輕輕調整繩索，熱氣球飄進雲層裡。到處都是一片白茫茫，溼溼熱熱的，什麼都看不清楚。

熱氣球又慢慢飄出雲層。

小白馬擦擦眼淚，說：「我想起來了，小時候媽媽教我唱過一首歌。」

小白馬輕輕唱起來：

輕輕跑啊，小白馬！
跑進陽光裡，跑進微風裡。
輕輕跑啊，小白馬！
跑進小雨裡，跑進大雨裡。
輕輕跑啊，小白馬！
不怕一身泥，媽媽陪著你，
陪你一起跑！

熱氣球在小白馬的歌聲中慢慢降落在草原上。

「再見！」小白馬向企鵝一鞠躬，踢踢踏踏跑進森林裡。

晚上，企鵝收好熱氣球，抬頭看看星空，說：「風！謝謝你。」

風從星星間吹下來，拂上企鵝的臉，清清涼涼，好像在說：「不客氣。」

# 5 黑夜裡來的魔術師

夜裡，一位黑衣人來找企鵝。

「我想坐熱氣球。」

企鵝搖搖頭。「對不起，我晚上不工作。」

黑衣人說：「可是，我只有晚上才能出來。」

「那就沒辦法了。」企鵝擺擺手，想關門。

「等一等，」黑衣人說：「你看這張門票怎麼樣？」

黑衣人兩隻手一合一開，兩手中間出現一群貓頭鷹，咕咕咕飛進夜空。

「好神奇的門票！」企鵝嚇一跳：「你是魔術師嗎？」

黑衣人笑起來。「只要你肯載我，我還會變更有趣的魔術給你看。」

企鵝偏偏頭，想了想。「好吧！誰教我最愛看魔術？」

黑黑的夜裡，「企鵝飛行號」起飛了。

森林黑漆漆，熱氣球像搖籃一樣，在夜空中輕輕搖。

「啊，真舒服。」黑衣人說：「好久沒有這麼舒服了。」

企鵝也覺得好舒服，舒服得想睡覺。

「我們再往上一點吧。」黑衣人說。

熱氣球往上飄，穿過黑黑的雲層，來到高高的天空。

眼前出現滿天星斗。每一顆星星都手牽手圍著熱氣球跳舞，每一顆經過的流星都脫下帽子，向企鵝彎腰鞠躬。

黑衣人拍拍手，所有星座都開始變換形狀。不一會兒，夜空中就出現好多大大小小的企鵝、冰山和小島，一閃一閃，發出溫柔的光……

「很美吧？」黑衣人問。

企鵝說不出話來。真是太美了！

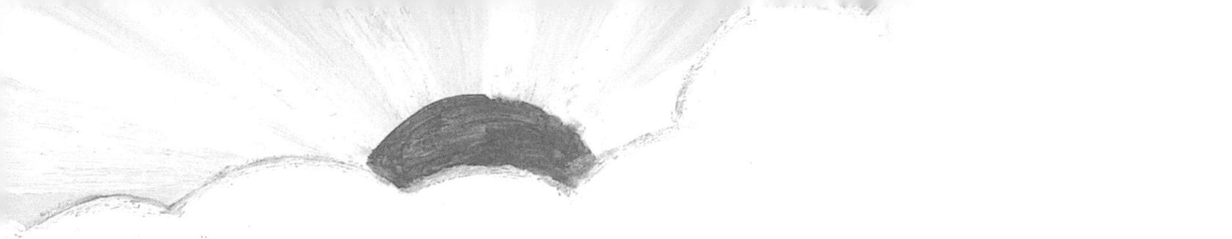

熱氣球在夜空中輕輕飄，不知道飄了多久。

「可以回去了嗎？」企鵝問。

「請再等一下，」黑衣人不好意思的說：

「我想看一看太陽。看一眼就好，我從來沒有看過太陽。」

「哦？那我們要往東方飄。」企鵝說：

「而且，你最好先戴上太陽眼鏡。」

黑衣人戴上企鵝的太陽眼鏡，緊張的看著東方。

終於，一絲紅光從東方的地平線上亮起來。

「啊！」黑衣人興奮得站起來。

紅紅的朝陽升上來了。

從黑衣人的腳底下升上來了！

「啊！」黑衣人又發出一聲又歡喜又害怕的聲音，然後，像變魔術一樣，不見了！

企鵝看看美麗的太陽，看看空空座椅上的太陽眼鏡，微笑的說：「再見了！夜先生。謝謝你的拜訪，也希望你滿意這一趟旅程。」

在熱氣球腳底下，大地甦醒了。清爽的晨風正吹進森林，吹醒賴床的懶惰蟲……

# 6 神奇的門票，神奇的旅程

小螃蟹想坐熱氣球，帶來一個萬花筒當門票。

企鵝好高興：「我小時候最愛玩萬花筒！請繫好安全帶，我們立刻出發！」

小螃蟹說：「我不用安全帶。」他用雙手夾著椅子，夾得可牢呢。

熱氣球升起來了。

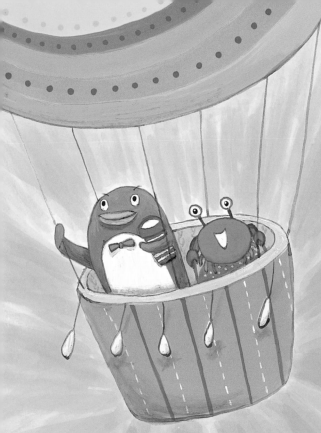

在第一道陽光和第二道陽光中間，企鵝看見一個全新的通道。

熱氣球一下子就穿了進去。

哇，眼前出現上千個熱氣球。

「小心！」企鵝連忙調整方向。

「小心！」每一個熱氣球也同時調整方向。

「好險好險！沒撞上！」

「好險好險！沒撞上！」

「咦，」企鵝說：「怎麼每一個熱氣球上面都有一隻企鵝和小螃蟹？」

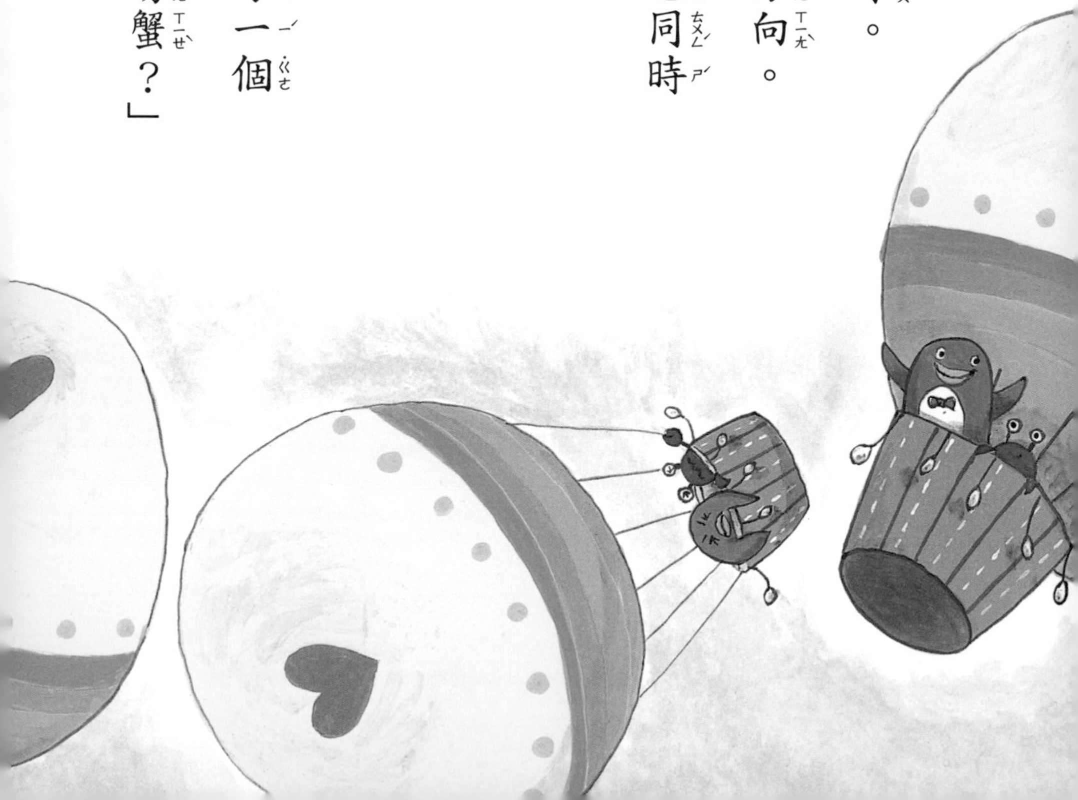

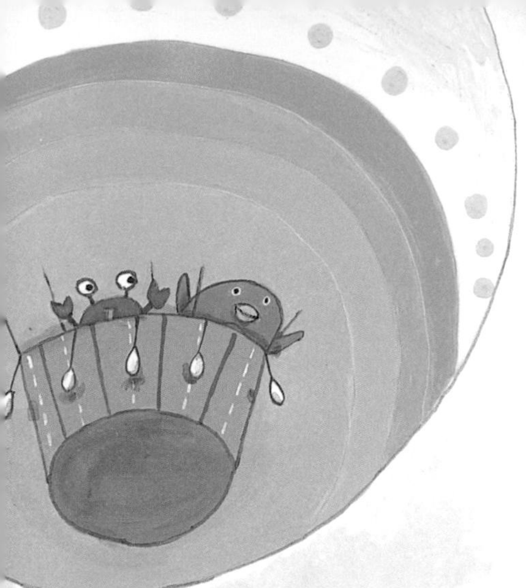

「咦，怎麼每一個熱氣球上面都有一隻企鵝和小螃蟹？」

企鵝揮揮手。

所有熱氣球上的企鵝都揮揮手。

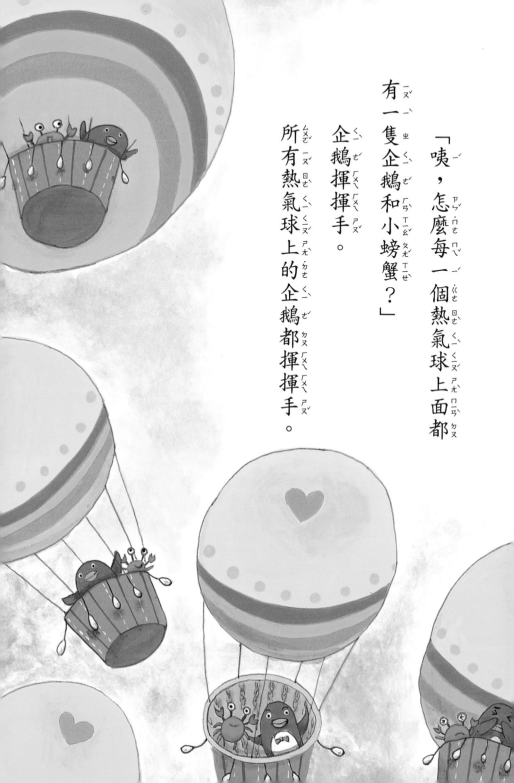

「哈，這是一個萬花筒世界！而且，是有聲音的萬花筒世界！」企鵝一拉繩索，所有熱氣球都排成六邊形。再一拉，熱氣球又排成多邊形。所有熱氣球都衝過來，衝過去。

「哇！」小螃蟹趕緊綁上安全帶，兩手仍然緊緊夾著椅子。

還好，熱氣球都沒撞在一起。

小螃蟹慢慢放輕鬆。「好好玩喔！」

「好好玩喔！」上千隻小螃蟹都緊緊夾著椅子。

「哇，我好棒！」

「哇，我好棒！」上千隻小螃蟹都同聲回應。

小螃蟹放開手。

哈，自己給自己打氣真有用！

小螃蟹開始唱歌：

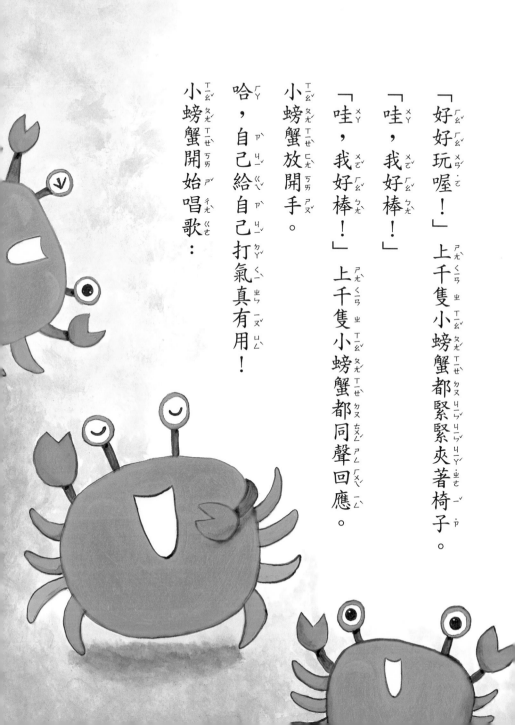

螃蟹一隻爪八個，兩頭尖尖這麼大個。
頭一伸啊脖一縮，橫啊橫啊過沙河！

所有熱氣球上的小螃蟹都手舞足蹈，大聲合唱。

「坐好喔！」企鵝用力一拉繩索，所有熱氣球都以他們為中心，快速飛來。

「哇，我們要撞上自己啦！」上千隻小螃蟹同時大叫。

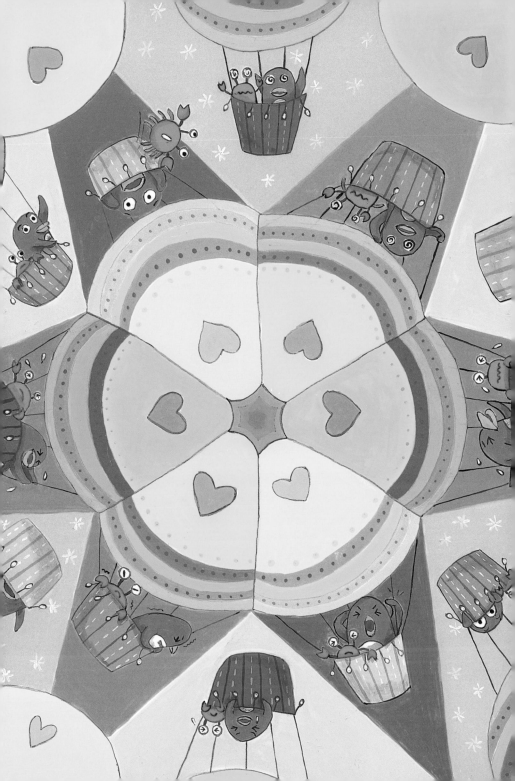

咻———！所有熱氣球撞到一塊，立刻消失。

只剩下原來的「企鵝飛行號」。

眼前又是空空曠曠的藍天。

小螃蟹好興奮，眼睛閃啊閃，好像在說：「還要玩！還要玩！」

企鵝拉拉繩索。

朝著山飛，山立刻變成一千座山，排成好多個六邊形。

朝著湖飛，湖立刻變成一千面湖，好像一千個哈哈鏡。

追著老鷹，老鷹就變成一千隻排著美麗圖案的老鷹。

「你看，有一千隻鴿子飛過來了！」

鴿子飛到熱氣球上，一千隻鴿子立刻重疊成一隻。「咕咕咕！」送給小螃蟹一朵玉蘭花。

「好玩好玩。」小螃蟹拍拍手，鴿子一飛走又變成一千隻鴿子，滿天亂飛。

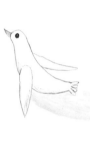

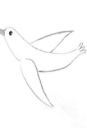

熱氣球慢慢飄。藍天下，萬花筒世界不斷變換著風景。

陽光又灑下萬道金光。

在第一道陽光和第二道陽光之間，熱氣球緩緩飄了進去。

腳下，又是美麗的森林。

「謝謝你！今天真好玩。」小螃蟹走下熱氣球，繞著企鵝跑了一圈。「今天，我第一次跟自己大合唱呢！」

「不客氣。」企鵝一鞠躬，說：「有神奇的門票，才有神奇的旅程。我也要謝謝你呢！」

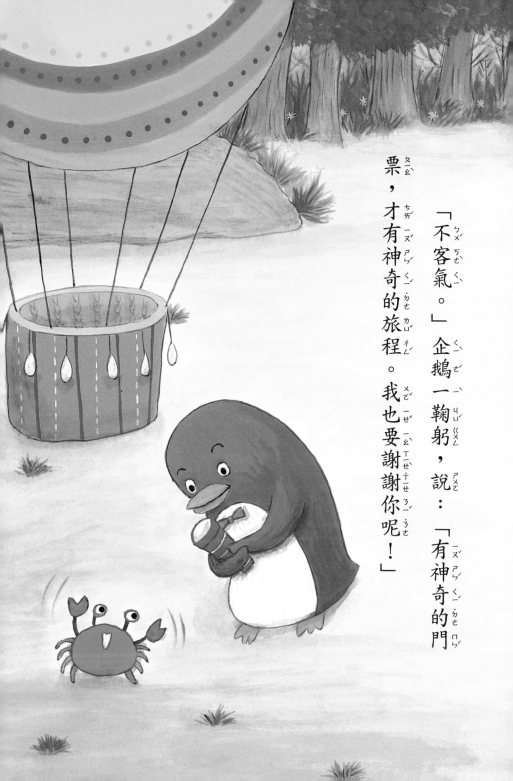

# 7 企鵝夢想號

天氣晴朗。風吹過來，香香的，有遠方的味道。企鵝剛剛幫熱氣球漆好新的顏色。現在，熱氣球看起來就像新的一樣。

「嗯……我想給你取個新名字，」企鵝說：「叫『企鵝夢想號』，怎麼樣？」

熱氣球上上下下的飄，好像很喜歡新名字。

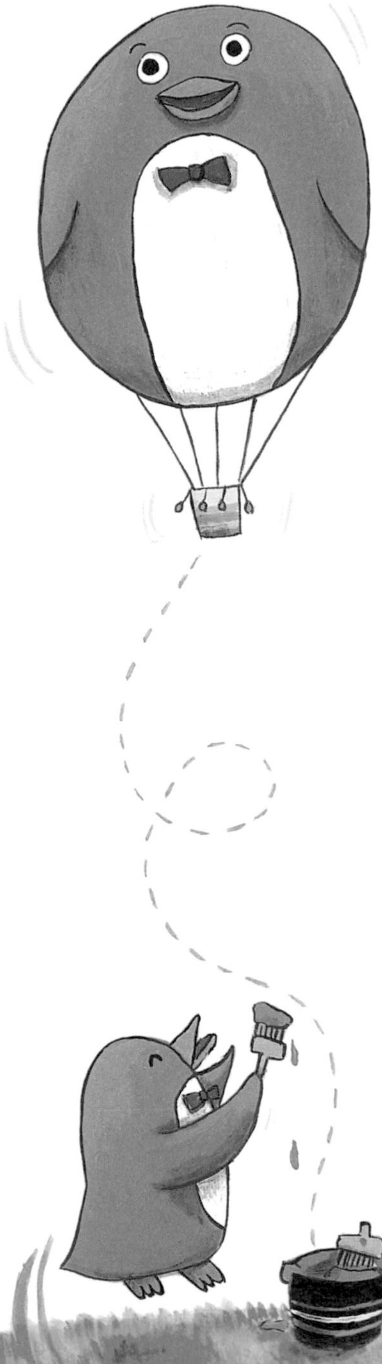

「我就知道你會喜歡。」企鵝拍拍熱氣球：

「你的夢想是什麼？」

熱氣球在草原上飄啊飄，不肯安靜。

「呵呵，我知道，你的夢想就是飛行。」

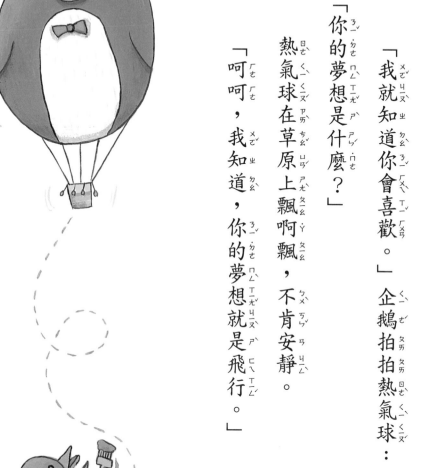

企鵝抬頭看看天空，心也開始飄動。

「嗯，是該走的時候了。」

企鵝又拍拍熱氣球：「下一站，我們要去哪裡呢？」

熱氣球只是擺啊擺。

「你不知道？」企鵝說：「真巧！我也不知道。不過，只要出發就知道了！對不對？」

藍藍天，白白雲，風從草原吹向天空。

企鵝解開繩索。

全新的「企鵝夢想號」起飛了，飛上森林，飛上白雲，慢慢飛遠，變成一個彩色的小點點，融進一片湛藍藍的天空。

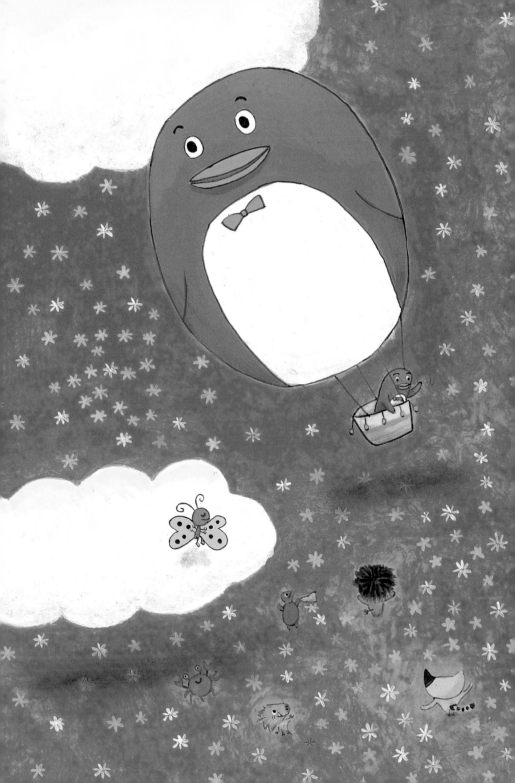

# 風的悄悄話

◎林世仁

我是風。

喜歡聽故事的風。

二〇〇七年四月十五日，我溜進「好書大家讀」的頒獎典禮，逛大街似的在一群作家腦海裡飛進飛出，欣賞各種靈感點子，順便打打分數（那些被我搔鼻子，哈啾哈啾的，都是要再加油的）。在一位高個子的腦海裡，我看到一篇已完成的企鵝故事，嗯，還不錯，不過不夠好。我看他瘦巴巴的，決定幫他一個忙。我偷偷吹開大會致贈的《幼獅少年》，讓他的目光停在一篇介紹熱氣球的文章上。然後，一切如我所料，他的腦細胞立刻被閃電擊中，放射出一千燭光的光芒，不到一秒

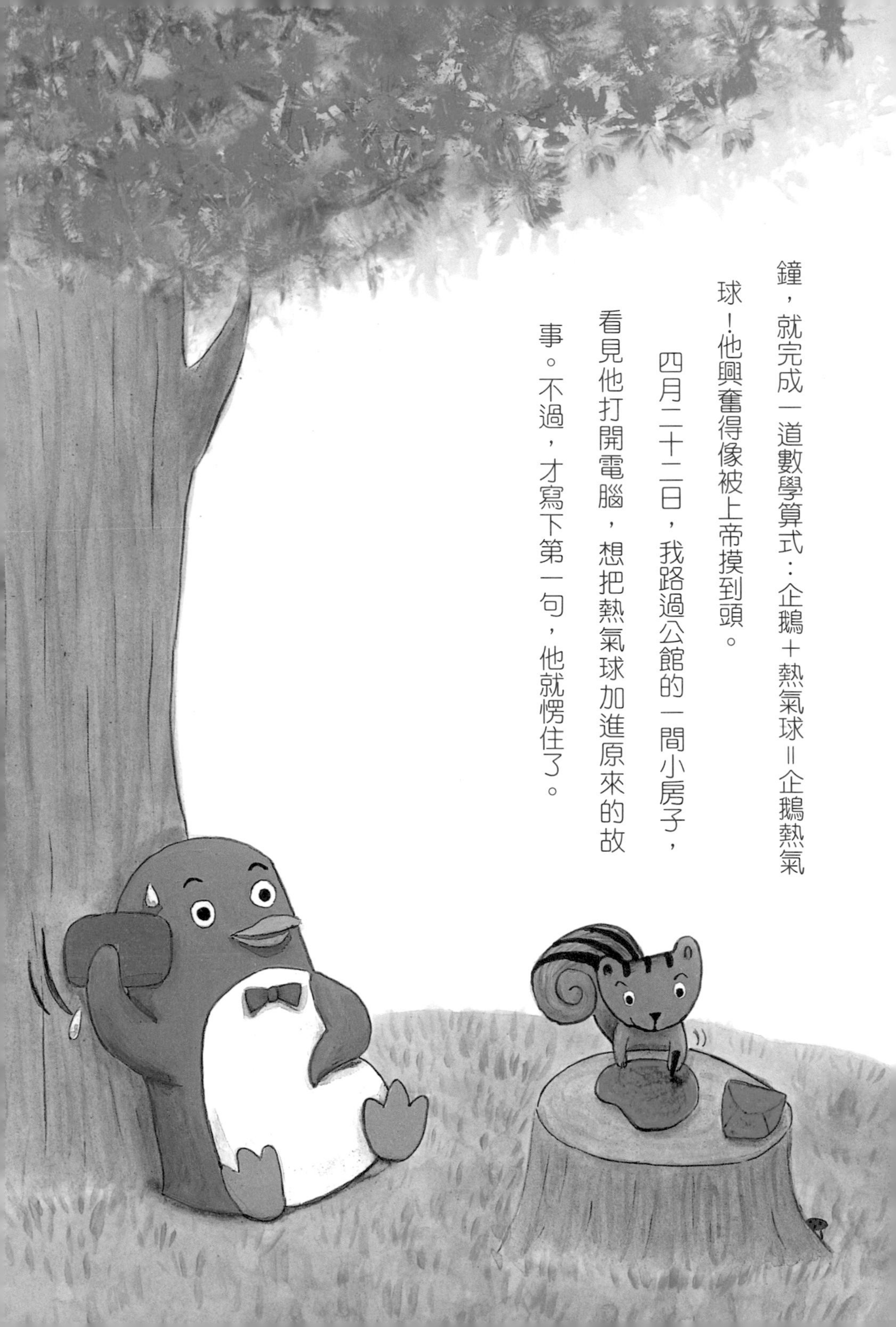

鐘，就完成一道數學算式：企鵝＋熱氣球＝企鵝熱氣球！他興奮得像被上帝摸到頭。

四月二十二日，我路過公館的一間小房子，看見他打開電腦，想把熱氣球加進原來的故事。不過，才寫下第一句，他就愣住了。

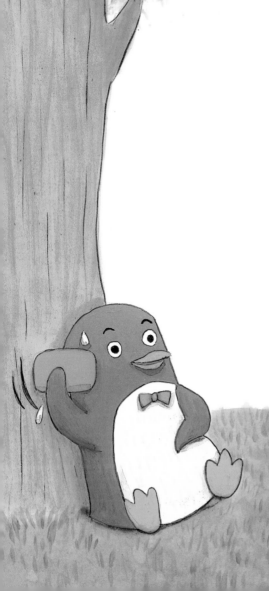

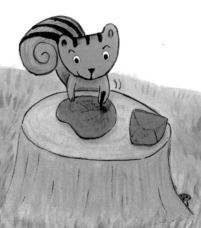

「這是一個全新的故事嘛！」還好，他只遲疑了一下，就開心的往下寫，幾乎沒怎麼想，一段接一段，隔天上午就寫到最後一行的最後一個字。

就這樣，這篇故事取代了他原先的故事，飛進印刷廠，變成了這本書。

不知道你喜不喜歡這篇故事？企鵝告訴我：他很喜歡！

望向未來，我看見企鵝又坐著熱氣球起飛了，飛向更遙遠的國度：城市、沙漠、太空、歌之海洋、科學城、夢之國……

沒錯，我也看見了你。

準備好了嗎？抓緊夢想，在心中默念三下，企鵝熱氣球立刻為你而飛！

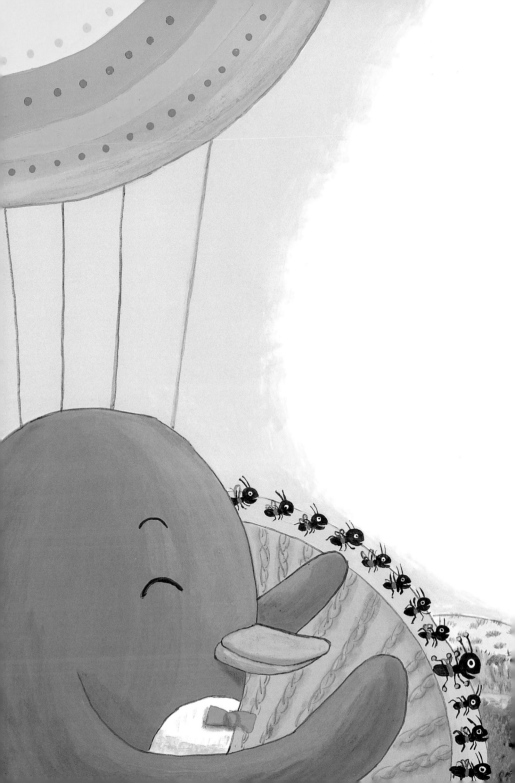

# 搭上企鵝熱氣球

◎呂淑恂

我是呂淑恂，也是小恂。白天是小學老師，晚上則喜歡用畫寫心情。喜歡做手製繪本、畫插畫、玩拼布，也喜歡和大小朋友一起創造天馬行空的繪本世界。

喜歡旅行的我第一次看到《企鵝熱氣球》的故事，就喜歡上它了，腦海裡立刻浮現企鵝和朋友們四處旅行的畫面。希望以後我也能搭著熱氣球，飛過撒哈拉沙漠、飛過地中海。

畫這本書的時候，我常常邊畫邊笑，一想到企鵝被這麼多隻小螞蟻親，就覺得他一定癢得不得了；我也常常邊畫邊覺得肚子餓，當小動物們手忙腳亂的畫「自己的」熱氣球之後，他們你一口我一口的吃著「別人的」便當，我也忍不住拿出餅乾，一口一口的吃了起來；當我畫到小白馬找媽媽時，我突然覺得好想念在天國的媽媽，好想再見她一面。希望小朋友也像我一樣，讀這個故事的時候，心裡有很多的感覺，腦海裡浮現很多美好的畫面。

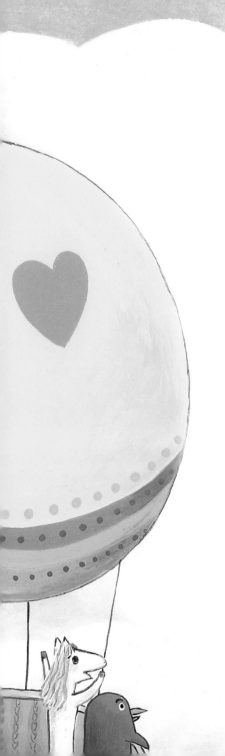

# 讓孩子輕巧跨越閱讀障礙

◎親子天下執行長 何琦瑜

在臺灣，推動兒童閱讀的歷程中，一直少了一塊介於「圖畫書」與「文字書」之間的「橋梁書」，讓孩子能輕巧的跨越閱讀文字的障礙，循序漸進的「學會閱讀」。這使得臺灣兒童的閱讀，呈現兩極化的現象：低年級閱讀圖畫書之後，中年級就形成斷層，沒有好好銜接的後果是，閱讀能力好的孩子，早早跨越了障礙，進入「富者越富」的良性循環；相對的，閱讀能力銜接不上的孩子，便開始放棄閱讀，轉而沉迷電腦、電視、漫畫，形成「貧者越貧」的惡性循環。

國小低年級階段，當孩子開始練習「自己讀」時，特別需要考量讀物的文字數量、字彙難度，同時需要大量插圖輔助，幫助孩子理解上下文意。如果以圖文比例的改變來解釋，孩子在啟蒙閱讀的階段，讀物的選擇要從「圖圖文」，到「圖文文」，再到「文文文」。在閱讀風氣成熟的先進國家，這段特別經過設計，幫助孩子進階閱讀、跨越障礙的「橋梁書」，一直是不可或缺的兒童讀物類型。

橋梁書的主題，多半從貼近孩子生活的幽默故事、學校或家庭生活故事出發，再陸續拓展到孩子現實世界之外的想像、奇幻、冒險故事。因為讓孩子願意「自己拿起書」來讀，是閱讀學習成功的第一步。這些看在大人眼裡也許沒有什麼「意義」可言，卻能有效引領孩子進入文字構築的想像世界。

天下雜誌童書出版，在二〇〇七年正式推出橋梁書【閱讀123】系列，專為剛跨入文字閱讀的小讀者設計，邀請兒文界優秀作繪者共同創作。用字遣詞以該年段應熟悉的兩千個單字為主，加以趣味的情節，豐富可愛的插圖，讓孩子有意願開始「獨立閱讀」。從五千字一本的短篇故事開始，孩子很快能感受到自己「讀完一本書」的成就感。本系列結合童書的文學性和進階閱讀的功能性，培養孩子的閱讀興趣、打好學習的基礎。讓父母和老師得以更有系統的引領孩子進入文字桃花源，快樂學閱讀！

# 橋梁書，讓孩子成為獨立閱讀者

◎中央大學學習與教學研究所榮譽教授　柯華葳

獨立閱讀是閱讀發展上一個重要的指標。幼兒的起始閱讀需靠成人幫助，更靠圖畫支撐理解。許多幼兒有興趣讀圖畫書，但一翻開文字書，就覺得這不是他的書，將書放在一邊。為幫助幼童不因字多而減少閱讀興趣，傷害發展中的閱讀能力，天下雜誌童書編輯群邀請本地優秀兒童文學作家，為中低年級兒童撰寫文字較多、圖畫較少、篇章較長的故事。這些書被稱為「橋梁書」。顧名思義，橋梁書就是用以引導兒童進入另一階段的書。其實，一本書容不容易被閱讀，有許多條件要配合。其一是書中用字遣詞是否艱深，其次是語句是否複雜。最關鍵的是，書中所傳遞的概念是否為讀者所熟悉。有些繪本即使有圖，其中傳遞抽象的概念，不但幼兒，連成人都可能要花一些時間才能理解。但是寫太熟悉的概念，讀者可能覺得無趣。因此如何在熟悉和不太熟悉的概念間，挑選適當的詞彙，配合句型和文體，加上作者對故事的鋪陳，是一件很具挑戰的工作。

這一系列橋梁書不說深奧的概念，而以接近兒童的經驗，採趣味甚至幽默的童話形式，幫助中低年級兒童由喜歡閱讀，慢慢適應字多、篇章長的書本。當然這一系列書中也有知識性的故事，如《我家有個烏龜園》，作者童嘉以其養烏龜經驗，透過故事，清楚描述烏龜的生活和社會行為。也有相當有寓意的故事，如《真假小珍珠》，透過「訂做像自己的機器人」這樣的寓言，幫助孩子思考要做個怎樣的人。

【閱讀123】是一個有目標的嘗試，未來規劃中還有歷史故事、科普故事等等，且讓我們拭目以待。期許有了橋梁書，每一位兒童都能成為獨力閱讀者，透過閱讀學習新知識。

閱讀123